Florencia y el Club de los Valientes

Claudia Pélissier

Florencia y el Club de los Valientes

Claudia Pélissier

ISBN: 978-956-6133-06-3

Registro Propiedad Intelectual: 2021-A-4085

Ilustraciones: Claudia Pélissier

A mi papá. Porque en cada rincón de mi infancia y de mis juegos apareces tú, llenándome de aventuras, sueños y fantasías. Te abrazo al cielo hoy y siempre.

Claudia Pélissier

Índice

La Casona

Cada tarde, después de llegar del colegio y hacer las tareas, con Rodolfo corríamos a visitar a nuestro papá, quien vivía en una grande y antigua casona en la calle Irarrázaval. Tenía dos pisos muy altos y una gran torre con una veleta en la punta que llevaba inscritas las iniciales de mi abuelo. Me llenaba de orgullo observarla girar cada vez que corría viento.

Recuerdo una tarde que íbamos llegando a la casa mientras empezaba un temporal.

—Este es viento norte —me dijo mi hermano—. Se viene la lluvia.

—Yo creo que no, mira mi trenza. Está volando como loca hacia la cordillera, hacia la playa y hacia todos lados —le dije, divertida, mientras torcía mi cuello para mirar hacia dónde apuntaba la veleta y comprobar la teoría de mi hermano. Lo malo fue que hice un movimiento tan brusco que me dio un tremendo tirón y quedé con tortícolis e inmovilizada como por dos semanas.

—Eso te pasa por no confiar en mis conocimientos, hermanita. Soy un experto en eólica —dijo dándoselas de especialista y usando palabras que después tuve que buscar en un diccionario.

El patio delantero tenía un muro con rejas muy altas y un portón que crujía tenebrosamente al abrirlo. Se me ponía la piel de gallina al escucharlo, por lo que siempre me tapaba los oídos.

Para entrar a la casa había que pasar por una gran marquesina de baldosas blancas y negras, igual a un tablero de ajedrez. Muchas veces nos parábamos cada uno en un color, simulando ser piezas del juego. Yo elegía ser reina y él obviamente rey, papel que con su cuerpo alto, delgado y un poco tieso encarnaba a la perfección. Siempre me decía que yo iniciaba el juego habiendo perdido por no tener rey en mi equipo. Era obvio, pero a mí me daba lo mismo e insistía en mantener mi personaje ya que no me interesaban las reglas del juego; era mucho más glamoroso que representar a un alfil, a un caballo o a una torre. A veces imaginaba tener más amigos por el barrio, para poder armar entre todos un verdadero tablero de ajedrez humano.

Al entrar a la casona, nos encontrábamos con un salón lleno de fotos y pinturas de nuestros abuelos y otros antepasados. No me gustaba pasar por ahí, ya que me daba la sensación de que me estaban observando. Rodolfo se detenía frente a cada uno y se quedaba mirándolos; le gustaba memorizar sus nombres y conocer el parentesco que tenían con nosotros. Yo pasaba muy rápido, casi con los ojos cerrados.

Una tarde, mi hermano se demoró más de lo normal examinando una de las pinturas. De pronto, lo sentí pasar corriendo más rápido que un leopardo y gritando:

—¡La abuela Julieta me miró! ¡La abuela Julieta me miró!

Me apuré para alcanzarlo.

—¿Qué pasó, Rodolfo?

Repitió, tiritando de susto:

—¡La abuela Julieta me miró! ¡La abuela Julieta me miró!

—¿Y se puede saber quién es la abuela Julieta?

—¡Da lo mismo quien sea! ¡Me miró! ¡Me miró!

—Es que no da lo mismo, hermanito —le dije, burlona—. Tú eres el experto y conoces a todos nuestros antepasados.

—¿No escuchaste lo que dije, Florencia? ¡Me miró! ¡Me miró! ¡Me siguió con la mirada un buen rato, e incluso pestañeó!

—Pero ¿quién es la abuela Julieta? —volví a preguntar obviamente para molestarlo, porque no creía nada de su jugarreta.

Rodolfo dejó de responderme y quedó con la mirada perdida por un buen rato. Estuvo tanto tiempo evitando pasar por el salón de los antepasados, que yo empecé a cuestionarme si tal vez era real lo que decía haber vivido.

Más allá de ese salón se llegaba a una inmensa galería rodeada de ventanales. Al situarse al centro y mirar hacia arriba, era tan alto que apenas se podía ver el techo. Siempre decíamos en broma que en la prehistoria los dinosaurios habían vivido en la casa. Yo imaginaba muchos pterodáctilos batiendo sus grandes alas y dando vueltas por el centro de la habitación.

A esta galería daba una puerta que siempre estaba cerrada, y tras ella, una escalera muy oscura llegaba al segundo piso. Esa parte de la casa me daba mucho temor. No había luz natural y las ampolletas estaban siempre quemadas. Muy pocas veces subíamos por allí y jamás solos. A menudo nos relataban historias de cosas extrañas que ocurrían arriba.

Más allá de la galería se encontraban algunos dormitorios y varios salones. Desde uno de ellos se bajaba al patio principal por una escalera que estaba junto a una antigua pileta. Mi papá nos contaba que, cuando él era niño, nadaban en ella muchos peces multicolores. Ahora estaba seca y partida por el paso de los años. Si uno miraba de cerca, se podían descubrir algunos fósiles petrificados en el fondo. Yo prefería no mirar, ya que se me ponían los pelos de punta de solo imaginarlo. Rodolfo trataba de memorizar sus formas, y al llegar a nuestra casa por las noches buscaba información para aprender más de aquellos exóticos peces seguramente ya extintos.

Siempre fue muy curioso y le gustaba averiguar más datos de todas las pequeñas cosas que descubríamos durante el día.

En ese patio había muchos árboles y una pequeña chacra de lechugas y tomates que nosotros mismos plantábamos, regábamos y cosechábamos en los veranos. Bajo un damasco estacionábamos los *go-karts*, unos autitos de carrera a pedales que papá nos fabricaba. En ellos recorríamos el patio a toda velocidad por unos senderos hechos especialmente para nosotros y que parecían mini carreteras. Incluso teníamos una estación de servicio, donde cargábamos los autitos con combustible imaginario y los lavábamos cada fin de semana.

Una tarde de verano, mientras Rodolfo estaba arreglando su *go-kart*, me subí al damasco para descansar un rato. Apoyé mi espalda en el tronco, me senté en una de las ramas y dejé mis piernas colgando desde lo alto. Por todos lados había frutos muy maduros, listos para comer. Escogí entre todos el más redondo y bonito. Lo limpié con la polera, casi tratando de sacarle brillo, y le di un mordisco tan grande que por poco se me rompe la mandíbula. Cerré los ojos para disfrutar mejor el momento, el sabor y el aroma que me gustaban desde muy pequeña. Estaba delicioso. En ese instante, mi hermano se asomó para avisarme que ya había terminado con su auto.

—Ya, Florencia. Está listo. Bájate del árbol. Te he dicho mil veces que te puedes caer —y agregó entusiasmado— ¿vamos a dar una vuelta?

Bajé muy rápido, mientras seguía deleitándome con la que era una de mis frutas favoritas. Rodolfo me miró con cara de espanto.

—¿Te estás comiendo ese damasco? —preguntó con una voz muy extraña.

—Obvio, ¿no se nota? —respondí con la boca llena.

—¡Pero Florencia, si está lleno de hormigas!

Mi boca explotó en ese instante y me di cuenta de que estaba comiendo más hormigas que damasco. Seguí escupiendo desesperada, sin mirar hacia dónde lo hacía. Cuando me calmé, pude ver que todo lo que antes estaba en mi boca había ido a parar a la cabeza de Rodolfo, quien se enojó tanto que no me habló en una semana.

Más allá de ese patio, separado por una reja, estaba el terreno del fondo; era tan largo que no se alcanzaba a ver el muro de atrás. Más de alguna vez intentamos contar nuestros pasos para saber cuánto medía, pero llegábamos solo hasta la mitad del camino ya que perdíamos la cuenta. Era divertido y confuso que por cada paso que Rodolfo daba con sus largas piernas yo necesitaba dar dos, por lo que era imposible ponernos de acuerdo.

Como el patio era tan grande teníamos muchos vecinos cuyos terrenos topaban con el nuestro. Al lado izquierdo, había algunos talleres de autos, casas antiguas y un colegio, y al derecho, casas residenciales más modernas y una misteriosa mansión que decían que era un manicomio. Cuando me peleaba con Rodolfo él amenazaba con mandarme a internar allí. Yo me burlaba diciéndole que él estaba más loco que yo, tratando de ocultar que me asustaba la idea.

Nuestro patio estaba lleno de árboles de variadas especies: olivos, nísperos, ciruelos, maquis, tunas y muchos más. De una de las casas vecinas caían granadas de un árbol que estaba pegado al muro. A Rodolfo le encantaban.

—Ten cuidado con esas granadas —le decía, chistosa—. Te pueden explotar en la boca.

Siempre repetía la misma broma y nunca me atreví a probarlas. Creo que en el fondo me daba miedo que mi broma se hiciera realidad.

Al fondo del terreno estaban mis árboles preferidos: un enorme nogal y una gigantesca higuera. Además de mi papá, no recuerdo haber visto a otro adulto de la familia rondando por allí. Mi hermano decía que les daba susto ya que era muy solitario. Yo opinaba que solo les daba flojera caminar tanto.

Por un costado del patio había una entrada de autos con algunos pasadizos y una estructura tipo túnel. Cuando llegábamos muy tarde me asustaba entrar por ahí, ya que se ponía muy tenebroso al oscurecer.

Dentro del túnel había una larga escalera de madera botada en el suelo. Siempre jugábamos sobre ella corriendo, haciendo piruetas y dando saltos en los peldaños tratando de no caer.

Una tarde en que el sol se había ocultado hacía ya mucho rato y no se veía casi nada, Rodolfo insistía en seguir jugando en la escalera y se hacía el gracioso recitando trabalenguas mientras pasaba torpemente de un peldaño al otro.

—Pablito clavó un clavito, ¿qué clavito clavó Pablito? —repetía muchas veces, mientras saltaba y se mataba de la risa solo.

—No saltes y recites a la vez, hermanito. Te puedes confundir haciendo ambas cosas al mismo tiempo.

—Tres tristes tigres tragaban trigo en un trigal —seguía una y otra vez—. Paco compró pocas copas, y como pocas copas compró, pocas copas pagó.

De pronto su pie se enganchó y cayó de un porrazo al suelo, tragando toneladas de tierra. Corrí para ayudarlo, tratando de no explotar en carcajadas. Mientras me acercaba vi que no reaccionaba y mi risa se apagó en un instante. Pensé que estaba inconsciente y me imaginé sola con él, tratando de reanimarlo en un lugar tan tétrico y que me causaba tantos temores.

—¡Hermanito, hermanito! ¡Reacciona por favor! —le dije, angustiada.

Muy gracioso, pegó un inmenso grito que me hizo saltar a metros de distancia; parecía dibujo animado cómo se reía y pataleaba en el suelo, burlándose de mi cara y de mi reacción. Al principio me asusté, después me enojé, pero terminamos los dos muertos de la risa, recitando trabalenguas y saltando arriba de la escalera.

A menudo nos pasaba algo divertido. Nuestra vida giraba en torno al colegio en las mañanas y a la casona durante las tardes. Lo pasábamos bien juntos, y aunque la mayor parte del tiempo nos bastaba con ser solo los dos, a veces pensaba que teniendo más amigos lo pasaríamos mejor y podríamos inventar nuevos juegos, pero Rodolfo decía que no, que con mi compañía le bastaba para entretenerse.

Un nuevo amigo

La tarde en que conocimos a Octavio habíamos ido en nuestros autitos a pasear a la Plaza Ñuñoa, a media cuadra de distancia. Con Rodolfo dábamos vueltas por todos lados, pedaleando como locos y a toda velocidad, mientras papá nos esperaba con mucha paciencia.

En un momento nos acercamos a él y estaba conversando con el manicero. Me encantaba observar todos los dulces que habitualmente tenía: maní confitado, tostado, cabritas, sustancias, coquitos y múltiples golosinas. Me llamó la atención un niño de nuestra edad que acomodaba hermosos remolinos multicolores en el carrito, y le pedí a mi papá que me comprara uno.

—Yo le vendo —dijo el niño—. Yo mismo los hago.

—¿En serio? —pregunté, sorprendida.

—Obvio —me dijo levantando la frente—. Los hago yo solito, y se los paso a don Pancho para que me los venda.

Elegí un remolino verde con rojo, mi papá lo pagó y partí corriendo a subirme a mi autito. Lo enganché en un hoyito de la carrocería y disfruté viendo cómo giraba con el movimiento. Con mi hermano rodeábamos la plaza una y otra vez. Él me seguía a toda velocidad tratando de adelantarme mientras mis piernas se agotaban de tanto pedalear.

En una de las vueltas, al llegar a la esquina vimos al niño de los remolinos sentado solo en una banca, tomándose un helado con el dinero que acababa de ganar. Yo disminuí un poco la velocidad y me acerqué.

—Hola —nos dijo—, me llamo Octavio. ¿Cómo se llaman ustedes? ¿Juguemos a las escondidas? ¡Yo los busco!

Rodolfo, que siempre había sido más tímido que yo, ignoró la invitación y aceleró como loco, logrando por fin adelantarme. Yo lo seguí, tratando de alcanzarlo. Dimos otra vuelta, y al volver a la misma esquina, el niño seguía sentado con cara de aburrido y chupando el palito del helado. Rodolfo disminuyó la velocidad esta vez y me acerqué a decirle que jugáramos con Octavio. Le tuve que dar varios argumentos para que aceptara y lo hizo a regañadientes. Nos bajamos corriendo a buscar algún sitio donde escondernos.

A lo lejos escuchamos:

—Un, dos, tres, cuatro, cinco, seis, siete, ocho, nueve, diez, ¡salí! ¡Allá voy! ¡Escóndanse bien!

Jugamos varias veces y nunca lograba pillarnos. Llegábamos sin problema al árbol donde contaba, siempre librándonos con "un, dos tres por mí", mientras él niño seguía buscando bajo algunos arbustos.

Cuando le tocó contar a mi hermano, Octavio me pidió que nos escondiéramos juntos y corrió muy rápido para subirse a una palmera. Le dije que yo no podía hacerlo, ya que andaba con chalitas y así era muy difícil ponerme a escalar. Mientras discutíamos qué hacer, sentí algo blando y tibio que mojaba uno de mis pies. Miré de inmediato hacia el piso mientras el niño me gritaba:

—¡Mensa, pisaste caca de perro! —y se agarraba el estómago de la risa.

Estallé en llantos y gritos de desesperación. No sabía qué hacer. Corría como loca buscando a mi papá por todos lados, mientras mi pie me pesaba y no podía avanzar. Tenía mucho asco. ¡No podía creerlo! ¡Solo a mí me pasaban esas cosas!

—¡Papá, ayúdame por favor! —lo llamé varias veces llorando.

Al escuchar mis gritos apareció papá y con mucha paciencia me tranquilizó, diciéndome que en la casa me lavaría y pasaría pronto esa pesadilla. Partimos caminando hacia la casona muy lentamente con papá, mientras Rodolfo y el niño que me había traído mala suerte avanzaban rápidamente en los autitos.

Cada paso que daba me hacía soltar una nueva lágrima. Mi chalita casi no se veía bajo la enorme cantidad de caca pegada en ella. Por arriba, por abajo, por todos lados, mi pie estaba lleno de esa tibia inmundicia.

La media cuadra que nos separaba de la plaza pareció una eternidad. Rodolfo y Octavio nos adelantaban y se devolvían una y otra vez. Cuando pasaban a mi lado, el odioso niño se tapaba su nariz con la mano y burlándose me decía:

—¡Puaj! ¡Guácatela!

Era tal mi vergüenza y desagrado que solo quería que desapareciera de mi vida y no verlo nunca más.

Dejó mi *go-kart* a la entrada de la casona y siguió caminando calle abajo muerto de la risa. Papá me tomó en brazos y me llevó al baño, donde por fin lavó mis pies con agua tibia y sentí un alivio gigante.

Esa noche volví a mi casa usando unas viejas y coloridas zapatillas olvidadas por alguien en un ropero. Me quedaban enormes, como zapatos de payaso. Me costaba mucho caminar y tropecé varias veces.

—¡Respetable público! —exclamó mi papá con voz de payaso tratando de hacerme reír un poco, pero nada me causaba gracia.

Cuando le conté a mi mamá toda la historia de lo ocurrido esa tarde echó a correr el agua de la tina, donde me di un reconfortante baño de espuma mientras le contaba todos los detalles de la tragedia que ella escuchó con mucha atención.

—Florencia, no te amargues por cosas sin importancia —dijo cuando terminé mi relato—. ¡Has sido siempre una niñita tan alegre! No permitas que estas cosas te afecten.

Mientras me ponía el pijama sus palabras daban vueltas por mi cabeza. Tenía razón. Lo que me había pasado no era tan terrible, era casi divertido. Y a ese niñito no volvería a verlo nunca más en mi vida. Ya era parte de los malos recuerdos de mi historia.

Mamá llegó a arroparme y me dormí tranquila apoyada en ella, pensando en que no había nada mejor que sus brazos después de haber tenido un mal día.

A la tarde siguiente y después de almorzar, partimos como siempre a donde nuestro papá. Eran varias cuadras las que separaban una casa de la otra, y las recorríamos ida y vuelta casi todos los días.

Al llegar a la gran casona y subir a la marquesina vi con gran sorpresa que el niño desagradable nos estaba esperando. Lo miré muy enojada.

—¿Qué haces tú aquí? ¿Quién te invitó? —pregunté.

—Tu hermano —me dijo muy tranquilo.

Miré incrédula a Rodolfo y antes de que pudiera decirle nada me aclaró:

—Sí, Florencia, así es. Yo lo invité. Octavio es nuestro vecino y se convertirá en nuestro mejor amigo.

Fue tal mi rabia y desilusión que no me salieron palabras para responder. Tenía un nudo en la garganta y solo quería llorar. Mi propio hermano me había traicionado. Ellos se habían hecho grandes amigos el día anterior mientras yo pasaba un pésimo momento. No era justo. Rodolfo siempre decía que no quería tener más amigos, que con mi compañía era suficiente, y ahí estaba, reemplazándome por alguien que apenas conocía. Me fui a la cocina con lágrimas en los ojos. La Paíta me hizo una agüita de menta, escuchó mis penas y me distrajo contándome entretenidas historias de todos los años que llevaba trabajando en la casona.

—Pequeña, no seas así con tu hermano —dijo cuando me vio más tranquila—. Les hace bien tener nuevos amigos, sobre todo a él, que le cuesta más que a ti. Es maravilloso que se lleven tan bien si recién se conocen.

La escuché, pero no analicé sus palabras; solo quería que llegara pronto la hora de volver a mi casa. Por la noche, mientras caminábamos de vuelta con papá, no abrí la boca.

Los días que siguieron no quise volver. Mi hermano salía todas las tardes y yo me aburría viendo cualquier cosa en la televisión. Siempre volvía con algo entretenido que contar. Se veía que lo estaban pasando muy bien y al parecer este nuevo amigo no era tan pesado como yo creía.

Una tarde, cuando Rodolfo regresó acompañado de papá, él quiso saludarme y hablar conmigo antes de volver a dormir a su casa.

—Chiquita —dijo con ternura sentándose a mi lado—, necesito hablar contigo. Quiero que vuelvas a la casona a jugar por las tardes como hacías antes.

—Lo sé, papá —respondí—. Yo también quiero volver, pero ese niño, Octavio, es muy desagradable. Me molesta mucho, no lo soporto.

—Octavio es un buen niño, debes aprender a tratarlo —agregó papá—. Tiene un sentido del humor bastante especial, pero no es malo y ustedes necesitan tener más amigos. Yo conozco mucho a sus abuelos y son excelentes personas.

—Sus abuelos serán excelentes personas papá, pero él es un pesado —insistí.

—Tienes que aprender a reírte de ti misma, Florencia. Lo que te pasó en la plaza fue desagradable, pero no fue tan terrible. No te hagas más drama.

Papá me arropó, me dio un beso en la frente y se fue. Dormí más tranquila luego de conversar con él.

La casa club

Al día siguiente, después de almorzar, entré al baño y me miré en el espejo un largo rato tratando de cambiar mi actitud. Mientras pensaba cepillé mi pelo y me hice de nuevo la trenza que había llegado toda desarmada del colegio. Yo tenía que aprender a enfrentar este tipo de cosas, por lo que tomé la decisión de volver. Me estaba perdiendo cosas entretenidas por un niño que pronto desaparecería de mi vida.

Al llegar a la casona, con Rodolfo partimos corriendo hacia el patio de atrás buscando alguna nueva aventura. Tras la reja, escondida entre unos árboles, descubrimos una pequeña casita similar a un palafito sobre unos pilares de madera.

—¿Qué es esto? —pregunté, curiosa, a mi hermano, mientras la rodeábamos tratando de entender lo que era.

—No lo sé, esto no estaba ayer aquí. Parece que es un club, pero ¿cómo llegó aquí? ¿De dónde salió?

En ese momento apareció papá y nos aclaró el misterio.

—¿Les gusta, niños? Es justamente eso, un club para ustedes.

No lo podíamos creer. Mi corazón saltó como loco de emoción y corrimos a abrazarlo.

—¡Te pasaste, papá! —dijimos al mismo tiempo, mientras lo llenábamos de besos y él sonreía emocionado.

Corrimos muy ansiosos a conocer nuestro nuevo regalo. Traté de subir rápidamente para entrar antes que Rodolfo. Por el brusco salto que di, se me quedó trancada una pierna en el suelo, mientras con la otra trataba de trepar. Mi hermano me miró sonriente, y de un solo brinco entró antes que yo.

—No sé si la casita está muy alta —le dije, divertida— o yo tengo las piernas muy cortas.

—Alternativa número dos, hermanita —respondió, haciéndose el gracioso.

Una vez adentro me puse a imaginar muchas cosas. Cómo la íbamos a decorar, qué muebles debíamos tener, cuadros, adornos, una cocina, una mesa con sillas y todos los artículos de un verdadero club.

Rodolfo miraba hacia todos lados y creí adivinar que estaba pensando las mismas cosas que yo. De pronto me gritó, emocionado:

—¡Florencia! Octavio se está perdiendo esta maravilla. ¡Vamos a buscarlo!

Aunque no estaba muy convencida fui corriendo tras él. Su casa estaba al lado de la misteriosa mansión manicomio y también colindaba con nuestro patio trasero. No sé por qué, pero nunca nos habíamos topado a pesar de ser vecinos por años.

Parados sobre el muro de nuestra piscina teníamos una vista panorámica hacia su casa. Rodolfo comenzó a gritar:

—¡Octavio! ¡Octavio!

Gritó varias veces hasta que apareció por arriba de la pandereta y de un salto llegó a nuestro lado. Me saludó muy amable.

—¡Tanto tiempo, Florencia! Te extrañamos mucho —dijo muy acelerado, pero con tono simpático, mientras jugaba cariñosamente con mi trenza.

Yo lo miré sonriente como buscando comenzar a ser amigos, hasta que agregó:

—¿Te lavaste bien las patitas?

Se alejó de mí sin mirar atrás, conversando muy entusiasmado con mi hermano, mientras yo sentía cómo mi cara se desfiguraba de rabia. Estaba terminando de convencerme de que no valía la pena tratar de ser su amiga.

Al mirarlo por atrás pude darme cuenta de que las piernas de su pantalón tenían un largo muy diferente. Me acerqué corriendo y le dije:

—Oye, niñito, ¿sabías que una pierna de tu pantalón es mucho más corta que la otra?

Sorprendido por mi pregunta, Rodolfo bajó la mirada y su reacción fue inmediata y explosiva. Comenzó a reír de una forma tan graciosa que me contagió.

—¡Ja, ja, ja! ¡No puedo creerlo! —exclamó, divertido.

No podíamos parar de reírnos mientras millones de lágrimas brotaban de nuestros ojos.

—¡Mi guatita, me duele mi guatita! —Rodolfo se agarraba el estómago con las dos manos.

Octavio se acercó y me dijo:

—¿Y cuál es el problema con mis pantalones? ¿Qué acaso no me sirven así?

—Claro que te sirven —le dije—, solo que te ves un poco divertido.

—Ustedes lo encontrarán divertido —comentó muy serio—, pero son mis pantalones favoritos, arreglados especialmente por mi abuelita. Ella está quedando corta de vista y por eso no quedaron muy bien. A mí me da exactamente lo mismo y los voy a seguir usando.

Me sorprendió la respuesta y seguridad de Octavio. No le importaba la opinión ni las bromas pesadas de la gente. Yo tenía que aprender a ser un poco así y mi vida sería mucho más sencilla.

—Mira, Florencia —me dijo—. Yo sé que estás molesta por mis bromas y trataré de evitarlas, pero tienes que aprender a reírte un poquito de ti y a tomarte la vida de una forma más entretenida.

Mientras pensaba en que eran casi las mismas palabras que había usado mi papá, me fijé en que, además de su pantalón deforme, vestía una camisa listada, suspensores como de abuelito y una ridícula corbata de moño.

Mi primera reacción fue volver a molestarlo ya que realmente seguía muy enojada por lo de la plaza. Pero lo pensé bien y, en realidad, su forma de vestir era su estilo, eso lo hacía ser diferente al resto y él estaba orgulloso de ser de así. En ese momento me pareció bien pensar de esa manera y la rabia se comenzó a calmar.

—Hagamos un trato —propuso—. Yo trataré de no molestarte y tú no volverás a reírte de mis pantalones. ¿Vale?

Se acercó, me dio la mano y yo asentí a medias, dudando un poco del trato que me estaba proponiendo.

En ese momento, Rodolfo nos comenzó a empujar hacia la casita para que dejáramos de conversar y pudiéramos por fin mostrarle nuestra novedad.

—Paren de discutir por tonteras. Este es el día más perfecto de la vida y no pueden arruinarlo. No te imaginas la sorpresa que te tenemos, Octavio —dijo, entusiasmado.

—¿Sorpresa? ¿Qué sorpresa? ¿Quién dijo sorpresa? —repitió como loro hasta que estuvimos frente a la casita—. ¡Guau! Y esto, ¿qué es? —preguntó con los ojos y la boca muy abiertos de emoción.

—Te presentamos nuestro nuevo club —dijo Rodolfo muy orgulloso—. Es un regalo de nuestro papá.

—¡Esto es fantástico, amigos! ¡Siempre quise tener un club! —exclamó muy contento, mientras entraba a la casita.

Cuando estuvimos todos adentro, Rodolfo se puso a observarla en detalle.

—¿Se dieron cuenta de que la casita es completamente cuadrada? —comentó—. Fíjense en sus ángulos interiores; todos tienen noventa grados. Y los muros son todos del mismo largo.

Yo estaba acostumbrada a esos análisis matemático-científicos y sabelotodo de mi hermano, pero Octavio lo miró con cara de risa.

—Veo que te va bien en matemáticas, amigo. Ten cuidado también al calcular la altura de tus rulos, mira que estás a punto de pegarte en el techo.

—¡Ja, ja, ja! Tienes toda la razón. No me había dado cuenta. Eso me pasa por ser tan alto y perfecto —dijo, divertido.

La casita no tenía puerta ni ventanas, solamente los espacios vacíos en las murallas, por lo que decidimos que esa sería nuestra primera misión.

Empezamos a buscar por todas partes los materiales o cachureos que podrían servirnos. En la habitación que había sido de mi abuela encontramos un montón de cosas que habíamos usado cuando pequeños: una silla para comer, una cuna, un mudador, dos coches y un enorme baúl lleno de cachivaches.

De pronto descubrimos unas barandas del que fuera mi corral de bebé. Eran unas estructuras cuadradas, con unos barrotes tipo cárcel, que las atravesaban de lado a lado.

—¡Bingo! —dijo Rodolfo—. Les presento a nuestras nuevas ventanas.

—Estás loco —dijo Octavio—, están súper viejas y desteñidas. Yo creo que eran de la cuna de Tutankamón.

—No seas exagerado. Las podemos lijar y pintar. Quedarán como nuevas.

Sin decir más, cada uno tomó una baranda y salimos hacia nuestro club, ideando por mientras la forma en que las íbamos a instalar.

Cuando pasamos por la galería, me fijé en las cortinas que colgaban de las ventanas. Me fui pensando que nuestro nuevo club luciría mucho mejor con unas lindas cortinas y que además ayudarían a cortar el frío, ya que obviamente las barandas solas no nos protegerían.

Al llegar a la casita vimos que las barandas calzaban perfectamente con los espacios para las ventanas. ¡Mejor que hechas a la medida!

Nos pusimos a trabajar de inmediato, lijando y pintando como carpinteros expertos. Encontramos unas viejas bisagras y, fijándolas al palo superior, logramos tener ventanas abatibles.

Mi papá llegó esa tarde con un gran rollo plástico que reemplazaría el vidrio inexistente, lo clavó al marco de las barandas y quedó perfecto. Todos estaban felices y satisfechos, pero yo sentía que aún faltaba algo importante.

Tomé a Rodolfo de la mano.

—Ven, acompáñame —le dije—. Necesito mostrarte algo.

Lo llevé a la galería y le mostré las cortinas que había visto al pasar.

—¿Qué pretendes, Florencia? —preguntó casi retándome—. ¿No estarás pensando en sacarlas?

Me quedé sin decir nada y con cara de culpable, ya que era justamente lo que se me había ocurrido.

De pronto Octavio, que nos había seguido sin darnos cuenta, asomó su cabeza entre las nuestras y exclamó:

—¡Oh! ¡Qué buena idea! ¿Cómo no se me ocurrió a mí? Yo puedo traer de mi casa una tela que nadie usa —dijo entusiasmado, salió corriendo y saltó por el muro que daba hacia su casa. A los pocos minutos estuvo de vuelta con una gran bolsa llena de géneros.

Con la ayuda de la Paíta y de nuestro papá tomamos medidas, cortamos y cosimos las cortinas. A Rodolfo se le ocurrió hacer una estructura de rieles copiando los que estaban en la galería.

Ya era tarde y casi sin luz cuando terminamos de montar todo. Las cortinas quedaron perfectas, y se abrían y cerraban con mucha facilidad.

—Papá, nuestro club está muy oscuro y no vemos nada —le dije cuando ya nos íbamos—. ¿Nos puedes comprar unas velitas para alumbrarnos mañana?

—Buena idea, chiquita. Encontraremos una solución —respondió.

Al día siguiente, al llegar lo sorprendimos encaramado arriba de una escalera llevándonos una instalación eléctrica hasta nuestro club. ¡Luz propia!

¡Electricidad! ¡Era increíble! Yo le había pedido tan solo un par de velas y él nos había llevado algo mucho mejor. Lo abracé con fuerza y fui corriendo a probar si todo estaba funcionando.

—Gracias, papá —le dijo Rodolfo—; anoche me quedé pensando justamente en modificar la instalación eléctrica para poder llevar luz hacia nuestro club. Veo que me robaste la idea.

Rieron divertidos. Nunca dejaba de sorprenderme mi hermano; siempre pensaba una mejor solución. Era un genio.

En ese instante llegó Octavio, nuevamente cargado con una bolsa gigante llena de cosas para nuestro club, y comenzó a sacar unos tarros grandes de leche Nido.

—¿Para qué trajiste eso? —pregunté—. ¿Vamos a tomar once? ¿Tanta hambre tienes?

—Estos tarros nos servirán para sentarnos en el club. Serán nuestras sillas —afirmó, convencido.

En ese momento pensé que eran las sillas más ridículas que tendría en mi vida, pero había decidido darle una oportunidad a ese niñito y tal vez no era tan mala la solución. Los podíamos forrar con la misma tela de las cortinas y quedarían perfectos.

Un presidente para el club

Octavio siguió sacando cosas de la bolsa: una bandera que había hecho él mismo, una banda presidencial y un papel arrugado donde había algo garabateado.

—Amigos, tenemos que inaugurar nuestro club —nos dijo con entusiasmo.

Buscó un palo de escoba, clavó firmemente la bandera y la instaló arriba del techo de nuestra casita. Tomó la banda presidencial y la puso alrededor de su pecho.

—Me declaro y auto elijo presidente de nuestro club, que desde ahora se llamará El Club de los Valientes.

—Oye, este tipo es muy patudo —me dijo Rodolfo.

Pero yo, en forma casi instintiva, acusé recibo de las palabras del nuevo presidente y comencé a leer el papel que había traído, en el que estaba escrita la letra de nuestro nuevo himno. Comencé a leer en voz alta:

"Vamos, Club de los Valientes
A marchar y a bailar
Quien se porta bien, será un capitán
Valiente y audaz
Se aproxima la batalla
Desde el bien llegar
Quien se porta bien, será un capitán
Valiente y gastán".

Octavio se enderezó, miró la bandera, se puso una mano en su pecho y comenzó a entonar el himno para que nosotros lo siguiéramos. Yo comencé a cantar con él, pero Rodolfo estaba muy enojado.

—Octavio, ¿te puedes calmar un poco? A los presidentes los elige la gente, no se auto eligen. ¿Dónde se ha visto eso? —le dijo—. ¡Además que los himnos significan algo! ¿Me puedes decir qué significa *gastán*? ¿Y de qué batalla hablas? ¿Vamos a pelear con alguien acaso? ¿Y bailar? ¿Crees que esto es un club de danza?

Terminó de hablar rojo de rabia y se fue. Jamás en mi vida lo había visto tan enojado. Me puse a pensar que esa amistad se estaba terminando tan rápido como había comenzado y me daba mucho gusto que alguien pusiera a ese niñito en su lugar.

Octavio me miró muy tranquilo.

—Florencia, Rodolfo tiene razón —dijo—; vamos a votar. Al presidente lo elige el pueblo, y como el pueblo somos nosotros tres, mañana haremos elecciones.

—Me parece bien. Esa es la forma correcta de hacer las cosas y lo que se hace en democracia —respondí con un tono formal, imitando la voz de mi profesora de ciencias sociales.

Mientras nos despedíamos le pregunté:

—Y a propósito del enojo de mi hermano. ¿Qué significa *gastán*?

—Nada. Es una palabra que inventé yo porque necesitaba algo que rimara con capitán —respondió, muerto de la risa.

A la tarde siguiente cuando llegamos, Octavio tenía todo listo. Un habitáculo con cortina para votar en forma secreta, una urna para introducir los votos, una mesa para ir contando, una calculadora, lápiz mina y goma de borrar por si alguno se equivocaba o cambiaba de opinión. Era divertida la forma en que había organizado todo, como si el vecindario completo fuera a votar, cuando solamente seríamos nosotros tres.

Toda la casa, desde la calle hasta la higuera del fondo, estaba empapelada con su propaganda como candidato para presidente. Había pegado carteles en cada árbol, en cada muralla, en el baño, en la cocina, en la pieza de mi papá, en la pieza de la Paíta y hasta en la galería. En todos lados había puesto un letrero.

"Octavio para presidente"

"Vota por Octavio, tu mejor opción"

"Octavio es el futuro"

"Cuando tú vas, Octavio ya viene de vuelta"

"Octavio, el presidente más *choriflai* del Club de los Valientes"

—No me parece justo —me dijo Rodolfo—. Esto es trampa. Este tipo trabajó toda la noche para tener todo preparado, pero no importa —agregó—, yo sé que soy más capaz que él y que voy a ganar estas elecciones.

Nos parecía muy importante el orden en que votaríamos, por lo que optamos por el sorteo más justo, un cachipún.

—¡Ca-chi-pún! —gritamos todos al mismo tiempo.

Yo saqué piedra, empuñando con mucha fuerza mi mano derecha. Ambos niños mostraron tijera, y como la piedra es capaz de romper a una tijera fui yo quien ganó. Ellos tomaron asiento y me entregaron un papelito con alternativas para marcar el nombre del nuevo presidente, un lápiz mina y una goma de borrar. Entré al habitáculo para votar, cerré la cortina, abrí con calma el papel con los nombres y vi las alternativas:

-------Yo voto por Octavio, el mejor presidente del mundo.

-------Yo voto por Rodolfo, el presidente más aburrido del planeta.

¿Y yo? ¿Dónde estaba mi nombre como alternativa para ser presidenta? Este niñito nuevamente se estaba burlando de mí, o ignorándome, que era peor.

Traté de mantener la tranquilidad a pesar de toda mi rabia, cuando pensé que, en realidad, los presidentes tienen que trabajar mucho y yo no tenía ganas, solo quería jugar y pasarlo bien. Cerré los ojos y marqué una línea al azar, sin saber a cuál de los dos le estaba dando mi voto. En realidad, me daba lo mismo.

Doblé el papelito, salí de la caseta y lo deposité en la urna habilitada por Octavio.

El ganador del siguiente cachipún fue Rodolfo e ingresó a marcar su opción. Salió muy rápido y claramente decidido. Al depositar su voto, me miró y me guiñó un ojo. Para él estaba claro que con mi apoyo sería el ganador.

Por último, Octavio se puso de pie y caminó muy despacio a la caseta, como si fuera en cámara lenta, solo para molestar a Rodolfo, quien en ese momento se mató de la risa.

—¿Y esa tortuga quiere ser el presidente del club? ¡Qué mejor se llame El Club de las tortugas Ninja!

Mientras reía, la mirada de Rodolfo se topó con los pantalones de Octavio, y se dio cuenta de que nuevamente estaba usando aquellos que tenían una pierna más larga que la otra.

—Viva nuestro súper presidente, que usa pantalones fallados —exclamó, mientras no podía parar de reír.

Lo miré de inmediato. Mi primera reacción fue lanzar una carcajada muy explosiva y exagerada, con el solo propósito de molestar. Pero me acordé de nuestro acuerdo, así que me mordí los labios. Un trato es un trato, y yo no volvería a molestarlo por eso, aunque me muriera de ganas por hacerlo.

Octavio ni se inmutó y siguió su paso. Entró y estuvo ahí casi cinco minutos. Salió con el pecho inflado como un pez globo, caminó hacia la mesa y depositó su voto. Tenía una actitud de ganador muy confiado. Rodolfo, por su parte, sabía que contaba con mi voto y estaba muy tranquilo por eso.

Nos reunimos los tres en torno a la caja y Octavio comenzó el conteo.

—Voto número uno, Octavio

Mi hermano se me acercó al oído y me dijo “este tipo sacó su voto primero, ahora debe venir el tuyo o el mío. Gracias, hermanita”.

—Voto número dos, Rodolfo.

—Voto número tres, Octavio.

—¡Bingo! ¡Gané! ¡Gané! —exclamó Octavio y se puso a brincar como pelota saltarina mientras gritaba de emoción.

Mi hermano me miró con los ojos desorbitados.

—¡Pero Florencia! ¡Me traicionaste! —acusó—. ¿Cómo es posible que hayas votado por él? ¡Yo soy tu hermano!

Lo miré con mucha calma y le respondí con un poco de vergüenza.

—Yo no voté por él, fue al azar. Y nada se puede hacer contra eso. A veces se gana y a veces se pierde, hermanito —le dije, tratando de hacerme la chistosa.

—¡Estas cosas no son al azar, Florencia! ¡Tienes que tomártelas en serio! Si tienes la opción de elegir, debes hacerlo por la persona que tú crees que es la correcta.

Terminó de retarme y se fue muy enojado. Siempre me daba esos sermones de hermano mayor y yo a veces le hacía caso, pero otras veces no.

Octavio tomó la banda presidencial, la cruzó alrededor de su pecho y nos pidió realizar el primer acto cívico como presidente oficial del Club de los Valientes.

Rodolfo regresó a regañadientes. Nos pusimos los tres frente a la bandera que flameaba sobre el techo. Octavio comenzó a cantar el himno creado por él y yo trataba de seguirlo mientras mi hermano tenía su boca apretada sin articular palabra.

Terminamos nuestro acto. Octavio colgó su banda a la entrada del club y nos pusimos a planificar las tareas pendientes. Sentados sobre los tarros de leche Nido hicimos una lista con las cosas que faltaban. Habíamos terminado las ventanas, las cortinas, las sillas y la luz eléctrica. Nos faltaban una mesa, una puerta, una cocinilla, una despensa con mercadería y agua propia para poder autoabastecernos.

Ya estaba oscureciendo. A pesar de ser primavera, las noches estaban muy frías y nos hacía falta la puerta. Rodolfo comentó en ese momento que la tarea más urgente era construir una, para cerrar el acceso y protegernos del frío exterior y de los extraños.

—No se preocupen —dijo Octavio—. Voy de inmediato a mi casa y traigo una puerta que sobra.

Me gustaba la actitud y generosidad que estaba demostrando nuestro nuevo amigo. Cada vez me convencía más de la buena elección que había hecho al votar por él para presidente, aunque hubiera sido al azar.

Fuimos hasta el muro que nos separaba del patio de su casa. Octavio subió la pandereta y desapareció muro abajo. Corrí a ver si se había accidentado, pero no. Por el otro lado del muro, la puerta abierta de una pequeña bodega adosada a la muralla le servía de escalera para bajar rápidamente. Mientras él corría hacia el interior de su casa volví con mi hermano para mirar desde lo alto.

Mientras lo esperábamos, me puse a observar la piscina y a recordar algunos veranos, cuando aún podíamos bañarnos en ella. Como era tan antigua, mi papá la había parchado para que no se filtrara el agua y pintado con una pintura negra. No quedó muy bonita, pero dejó de filtrar y el agua estaba siempre tibia.

El primer verano que la llenamos me puse tan ansiosa, que sin esperar a que estuviera lista me lancé de piquero y terminé con un tremendo chichón en la frente. Por acelerada me castigaron y no me pude bañar hasta que estuvo completamente llena, lo que demoró una eternidad.

Un par de veranos después, con Rodolfo se nos ocurrió la genial idea de hacer olas dentro de la piscina utilizando un par de tablones de madera. Nos subíamos sobre ellos y, al saltar, provocábamos olas gigantescas; era como estar bañándonos en el mar. Lo pasamos espectacular, pero con la fuerza del agua los muros se volvieron a romper y nunca más nos pudimos bañar en ella. Le pedimos muchas veces a nuestro papá que la arreglara nuevamente, pero no quiso hacerlo porque no habíamos sabido cuidarla. Nuestra travesura nos dejó sin piscina para siempre.

Octavio tardaba mucho en volver. Nunca había mirado con detención su casa. Era como un pequeño edificio; tenía tres pisos y una gran azotea con bodega en lo alto.

Lo vimos aparecer arriba, cuando se asomó al borde y nos hizo señas indicando que todo iba bien. Entró a la bodega y encendió una luz. Se escucharon unos ruidos y de pronto la luz se apagó. Pasó un instante. Se encendió otra luz en el tercer piso y a los pocos segundos se apagó nuevamente. Con Rodolfo nos miramos sin entender lo que estaba pasando. Al poco tiempo, otra luz en el segundo piso se encendió y volvió a apagarse. Lo mismo ocurrió en el primer piso de la casa.

De pronto vimos aparecer a Octavio, pálido de susto, corriendo desesperado hacia nosotros. Sobre su espalda traía la puerta que estábamos esperando. Subió rápidamente a la pandereta, donde apoyó la puerta y la usó como resbalín para llegar hasta nosotros.

—¿Qué les pasaba a las luces de tu casa? —preguntó Rodolfo—. Estaban como vueltas locas.

—Tranquilo, amigo, era yo quien iba encendiendo y apagando luces a medida que iba bajando las escaleras —dijo con la voz entrecortada.

Tomó un momento para que Octavio recuperara su aliento y color original. Estaba claro que el susto era porque nadie en su casa le había autorizado este préstamo. Había bajado a toda velocidad, tratando de que no notaran su presencia.

Entre todos tomamos la puerta y caminamos de vuelta hacia el club, donde encendimos por primera vez la luz. Se veía perfecto. Rodolfo y Octavio trataron de colocarla dentro del marco vacío, pero quedaba muy grande. Había que arreglarla, pero ya era tarde y debíamos volver a nuestra casa.

En el camino le contamos a papá y le pedimos su ayuda. Era necesario cortar la puerta con un serrucho y no estábamos seguros de tener la fuerza suficiente.

Ya en casa, mamá nos estaba esperando para cenar. Sentados los tres a la mesa, comentamos cómo había estado el día y los avances de nuestro nuevo club. Muy entusiasmados nos atropellábamos por contarle las cosas nuevas que teníamos. Ella nos ponía mucha atención y nos miraba con orgullo.

—¡Qué lindo todo lo que han hecho, niños! Tienen que invitarme un día a conocer su club —nos dijo con ternura.

—¡Por supuesto, mamá! —le dije tocando su mano—. El sábado podrías ir con nosotros.

—Buena idea —respondió como pensando en otra cosa—, pero creo que a ese club le falta algo para estar completo.

—Aún faltan muchas cosas, mamá —dijo Rodolfo—. ¿A qué te refieres?

—No lo sé bien aún. Otro día les digo.

Yo sentí que se había quedado pensando en algo importante.

Al día siguiente, Octavio ya estaba esperándonos y papá tenía a mano todas las herramientas necesarias para arreglar la puerta: un serrucho, clavos, lijas, huincha, bisagras y tornillos.

Tomamos la medida exacta del marco para que quedara perfecta y no se trancara al abrirla. Papá apoyó la puerta sobre un caballete, la afirmó con fuerza y comenzó a cortar. En solo un par de minutos la tuvo lista. Los niños tomaron un par de lijas y comenzaron a pulir los bordes para que quedara suave y perfecta.

Me quedé mirando el trozo de puerta que había sobrado.

—Oye papá, ¿este pedazo nos alcanza para hacer una mesa?

—¿Quieren una mesa, chiquita? —me preguntó—. Por supuesto. Otro día podemos hacerla.

De pronto mi papá se quedó mirando a Octavio.

—Por favor dale las gracias a tus abuelos por la puerta que les regalaron —le dijo—. Sin duda les hacía mucha falta.

—Sí señor, no se preocupe —respondió—. Esta misma noche les doy las gracias de su parte.

Con Rodolfo nos miramos, pero no nos atrevimos a decir nada. Caminando de vuelta a casa esa noche, le sugerí a Rodolfo que le dijéramos la verdad al papá.

—No podemos traicionar a Octavio —me dijo muy bajito.

—Eso no es traición —le respondí—. El papá debe saber la verdad y Octavio tiene que corregir su error.

Así que le contamos cómo habían ocurrido las cosas y papá nos agradeció y felicitó por la honestidad. Al día siguiente hablaría con nuestro amigo y además compraría una nueva puerta para reponer la que había sacado sin autorización.

Teníamos temor de lo que pudiera pensar y decir Octavio, y cuando llegamos al club al día siguiente, él nos estaba esperando un poco avergonzado.

—Hola, niños —dijo muy bajito.

—Hola, Octavio. ¿Cómo estás?

—Estoy bien. Hace un rato su papá pasó por mi casa. Traía una puerta para devolver la que saqué.

—Lo sabemos —le respondí—. Perdona por haberte acusado, pero no nos gusta mentir. ¿Te retaron en tu casa?

—No, nadie se dio cuenta. Subí la puerta nueva de la misma forma en que bajé la otra.

—¿Y qué te dijo mi papá? ¿Les contará a tus abuelos? —preguntó mi hermano.

—No, no lo hará. Hice un trato con él. Le prometí no volver a tomar nada sin pedirlo. Si llego a hacerlo de nuevo hablará con ellos.

—No lo hagas nunca más y así no corres riesgos —le dije con voz de sermón, mientras apoyaba mi mano en su hombro.

—Sí, Florencia, no te preocupes, no volveré a hacerlo —respondió con voz seria y los ojos muy abiertos. Estaba a punto de creerle, cuando me pareció ver que detrás de su espalda tenía sus dedos más cruzados que un calzón roto como los que hace mi mamá.

Un regalo especial

A los pocos días el club estaba perfecto. Tenía ventanas, cortinas, puerta, mesa y sillas, todo lo necesario para poder pasar mucho tiempo ahí.

Una tarde llegamos mientras papá hacía algunos arreglos en la casita. Apenas nos vio llegar nos dijo:

—Niños, vengan a ver al nuevo integrante de su club.

A medida que nos acercábamos yo iba pensando en que él no podía aceptar en el club a niños que no conocíamos.

—Pasen —dijo—; su nuevo amigo los espera adentro.

Subí a la casita a regañadientes y fui la primera en entrar por la puerta. No era difícil darse cuenta de que adentro no había nadie. Cuando me iba a voltear para hablarle a papá escuché un ruido que provenía de un rincón. Me acerqué y descubrí en el suelo una pequeña caja de cartón. Al mirar adentro, con sorpresa vi a un cachorro acurrucado sobre sí mismo y tapado apenas con una toalla.

—Pero ¿qué es esto, papá? —pregunté, emocionada.

—Les presento a Bonzo. Él será el nuevo integrante y mascota de su club.

Muy feliz, lo tomé en mis brazos y lo apreté contra mi pecho. Me acerqué donde papá para abrazarlo a él también.

—Te pasaste. ¡Eres lo máximo!

—No me agradezcan a mí —aclaró—; su mamá lo adoptó para ustedes y lo pasó a dejar esta mañana.

No supe identificar la raza de Bonzo, pero me daba lo mismo. Era pequeño, blanco y con unas manchas de color café sobre su lomo. Si uno lo miraba con atención, las manchas parecían tener la misma forma del continente americano.

Me adueñé de él y no lo solté en toda la tarde, pero igual me di cuenta de que los niños no le estaban poniendo mucha atención a nuestro nuevo amiguito.

—Y a ustedes, ¿qué les pasa? ¿Es que acaso no les gusta nuestro Boncito?

—Que feo el nombre —dijo Octavio—. Tu papá nos debió haber pedido nuestra opinión.

Rodolfo no agregó nada. Al parecer, a él tampoco le había gustado que papá hubiese bautizado a nuestra mascota sin preguntarnos.

Esa noche, al llegar a la casa, corrimos donde mamá a darle las gracias por su hermoso regalo. Realmente estábamos muy felices y agradecidos.

—Mamá, ahora entiendo —le dije mientras la abrazaba—. Por eso hace algunas noches nos dijiste que a nuestro club le faltaba algo, ¿cierto?

—Sí, Florencia —me dijo con ternura—. Todo club debe tener una mascota y todos los integrantes deben preocuparse de cuidarla. Espero que cuiden mucho a Bonzo, que sea un buen guardián y que los acompañe en todos sus juegos.

—¿Por qué le pusieron Bonzo, mamá? —le preguntó mi hermano—. No nos gusta mucho el nombre.

—Así lo llamaba la persona que me lo regaló. Si quieren, pueden ponerle otro nombre ahora que es de ustedes.

Esa noche nos quedamos haciendo un listado de los nombres que nos gustaban para nuestro perrito.

En una hoja de cuaderno anoté:

- ✓ Pongo
- ✓ Rocky
- ✓ Puky
- ✓ Blacky
- ✓ Cazan
- ✓ Rex
- ✓ Sultán

Al día siguiente votamos igual como lo habíamos hecho para elegir presidente. Esta vez, los tres escogimos el mismo nombre, por lo que no hubo ninguna pelea ni discusión. Nuestro perrito se llamaría Puky.

Hicimos una pequeña ceremonia de bautizo. Invitamos a nuestros papás y a la Paíta. Pusimos a Puky sobre una tela blanca mientras decíamos una pequeña oración. Él se quedó muy tranquilo.

Mojamos su cabecita con un poco de agua y nos empapó a todos cuando se sacudió. Después de la ceremonia, repartí a los invitados unas tarjetitas de recuerdo hechas por mí. Octavio agregó unos remolinos en miniatura para cada uno.

Luego, aprovechamos de mostrar el club a mamá. Quedó impresionada y maravillada con lo que vio.

—Con razón vienen tan entusiasmados todas las tardes, niños —dijo mientras nos abrazaba—. Creo que en la casa podemos encontrar varias cosas que no usamos para adornar este lindo club.

Desde la llegada de Puky nos cambió la vida. Cada tarde nos salía a recibir loco de felicidad. Movía la cola, nos saltaba encima, nos mordía los cordones de las zapatillas y nos lamía enteros. Imaginábamos que las mañanas se le hacían eternas esperando a que llegáramos, por lo que disfrutábamos mucho de ese momento y nos dejábamos querer por él.

Poco a poco fue creciendo y dejó de ser un cachorro, pero su forma de entregar amor no cambiaba y eso nos hacía muy felices. Era nuestro amigo más fiel, el compañero que lograba entendernos como nadie.

Más de alguna vez me senté sola y triste en el umbral de nuestra casita. Cuando me veía, Puky se acercaba y lograba descifrar mi pena de ese momento. En vez de saltar y molestarme se me acurrucaba y, mirándome con ternura, apoyaba su hocico sobre mi pierna. Se podía quedar horas acompañándome muy tranquilo.

Un día, luego de almorzar muy rápido y correr a casa de papá, nos encontramos con Octavio justo a la bajada de la piscina. Cuando nos estábamos saludando llegó Puky corriendo desesperado. Mordió con mucha fuerza el pantalón de mi hermano y comenzó a tirar de él, mientras trataba de llevarlo hacia el fondo del patio.

La primera reacción de Rodolfo fue tratar de sacárselo de encima. Le agarró el hocico y trató de separar sus colmillos que ya estaban rasgando su pantalón. Los dientes de Puky no aflojaban. Los estaba apretando al máximo, mientras seguía tirándolo con mucha fuerza.

Comprendimos que algo nos estaba tratando de mostrar. Esta no era una actitud habitual, por lo que fuimos con él para descubrir lo que tanto le preocupaba.

Llegamos al fondo del patio. Esta zona era la que tenía los árboles más altos, y a ella se accedía por un arco que armaban naturalmente dos grandes ciruelos. Al entrar había que agacharse un poco para no rasguñarse con la inmensa cantidad de ramas que había. Estando ya al otro lado, se podía apreciar claramente la hermosa y gigantesca higuera, el nogal y muchos ciruelos más.

La higuera tenía más de cien años, unos ocho metros de alto y una gran copa. De la base salían dos troncos enormes que se orientaban en forma contraria muy cerca del suelo. Eran tan gruesos y firmes que podíamos fácilmente subir y caminar sobre ellos.

Sobre uno de los troncos y en lo alto había una casita de madera que mi papá había construido cuando éramos pequeños. En esa casita pasábamos algunas tardes, conversando, riendo y comiendo higos, que eran nuestra debilidad.

En el invierno el pasto crecía tan alto en este lugar que jugábamos a escondernos en él. Nos arrastrábamos de guata por el suelo, impulsándonos solo con los codos y dejando verdaderos laberintos al pasar. Quedábamos completamente mojados y manchados de color verde de pies a cabeza. Parecíamos militares en ejercicio. Si mi papá nos descubría, nos llevaba de vuelta a la casa de inmediato, amenazando muy gracioso con meternos vestidos dentro de la lavadora.

Al llegar con Puky al fondo y mirar hacia donde nos trataba de apuntar, vimos con mucha sorpresa que había dos personas adentro de la casita arriba de la higuera.

Extraños en el patio

Rodolfo subió rápidamente por uno de los troncos para descubrir quiénes eran. Luego subí yo y detrás de mí Octavio, quien era el menos preocupado por la presencia de los extraños.

—Disculpen, pero ¿quiénes son ustedes? Esto es propiedad privada —les dijo mi hermano.

Pude ver desde un poco más abajo que se trataba de un niño y de una niña un poco mayores que nosotros. El niño miró a Rodolfo con cara de enojado.

—Claro que es propiedad privada —respondió—. Estamos en el patio de nuestra casa.

—Estás equivocado —le dijo Rodolfo—. Es nuestra casa, no de ustedes.

Me estaba dando un poco de susto la situación cuando me di cuenta de que una de las ramas de la higuera llegaba hasta la casa de al lado. Seguramente los niños eran vecinos nuestros y se habían subido por su lado al árbol sin fijarse que habían traspasado el límite de la propiedad llegando a nuestra casa.

—Yo creo que ustedes viven en la casa de al lado —comenté, tratando de aclarar el enredo.

—Pueden devolverse por donde mismo llegaron—les dijo Rodolfo en un tono muy poco amigable.

Ambos niños se miraron y con cara de tristeza comenzaron a bajar.

Octavio, quien se había mantenido un poco más alejado de esta discusión, repentinamente habló.

—Hola vecinos, ¿cómo se llaman?

—Yo me llamo Pato y mi hermana se llama Liliana —contestó el niño.

—Nosotros tenemos un club que se llama Club de los Valientes. ¿Quieren participar?

Antes de que alcanzaran a contestar, Rodolfo le hizo un gesto para que se detuviera.

—Espera, Octavio. No tienes derecho a tomar esta decisión. Esto tenemos que decidirlo entre los tres.

—Claro que tengo todos los derechos —dijo con orgullo—. No te olvides que soy el presidente y que ustedes mismos me eligieron.

—Yo no te elegí —replicó mi hermano tratando de mantener la calma—. Y aunque lo hubiese hecho, estas cosas se conversan.

—Que Florencia decida. Mayoría voto gana.

Me quedé pensando mientras ambos esperaban con ansias mi respuesta. Pato y Liliana me miraban casi suplicando que los admitiéramos.

—A mí me da lo mismo —respondí, pero en el fondo me entusiasmaba la idea de tener nuevos amigos.

—¡Bingo! —exclamó Octavio—. ¡Eso significa que sí!

—¡Florencia, no digas eso! —me gritó mi hermano—. No los conocemos. Tú sabes las advertencias de la mamá con respecto a los extraños. Y estos niños además son intrusos y entraron a nuestra casa sin permiso.

Octavio no quiso escuchar más y, tomando a ambos niños de la mano, corrió con ellos a mostrarles nuestro club. Yo partí detrás y observé que mi hermano se quedaba en la casita de la higuera, mientras Puky entendía su tristeza y preocupación mirándolo desde abajo.

Octavio les enseñó el club a los niños. Les mostró todas las cosas que teníamos, lo que aún nos faltaba y las cosas entretenidas que pensábamos hacer. De pronto lo vi entrar a la casita, tomó su banda presidencial y la puso alrededor de su pecho.

—Florencia, ¿hagamos un acto cívico oficial para dar la bienvenida a los nuevos integrantes?

Se puso la mano derecha en el pecho y, mirando seriamente la bandera, comenzó a entonar el himno de nuestro club mientras yo trataba de seguirlo. Pato y Liliana lo observaban satisfechos y claramente lo empezaban a admirar como a un gran líder.

Esa noche, ya solos con mi hermano, me comentaba su preocupación. Para él estos nuevos amigos no eran de fiar. Argumentaba que si alguien era capaz de entrar a una propiedad privada sin pedir permiso obviamente era porque tenía una mala intención. Le recordé que lo habían hecho sin darse cuenta, pero el estaba muy cerrado y no quería escuchar.

Estuvimos algunos días sin ir a la casona ya que habíamos viajado a la playa. Al volver, vimos que todo estaba muy cambiado y que obviamente Octavio y los nuevos integrantes habían arreglado muchas cosas en nuestra ausencia.

Patricio y Liliana habían llevado de su casa unas hermosas sillas de madera para reemplazar nuestros tarros de leche; también donaron una linda alfombra que cubría casi por completo el piso de madera. A la entrada del club habían puesto un felpudo que decía *"Welcome"* y muchos cuadros adornaban las murallas. Sin duda, eran grandes cambios que ayudaban mucho a que nuestro club luciera como un verdadero hogar.

Me senté en una de las sillas y realmente eran mucho más cómodas que nuestros rústicos tarros. Mientras observaba todas estas novedades, vi que las cortinas también eran nuevas y no las que habíamos hecho nosotros.

—¿Dónde están nuestras cortinas, Octavio? —le pregunté mientras me paraba de un salto.

—¿Cómo que nuestras cortinas? Eran mis cortinas, porque estaban hechas con género de mi abuelita —dijo irónicamente.

—¡Pero las hicimos nosotros! —le dije con lágrimas en los ojos.

—Da lo mismo quien las haya hecho, niñita. Las que hizo Liliana son mucho más lindas y elegantes.

En ese momento, Rodolfo me tomó del brazo y salimos del club. Fuimos caminando hasta el fondo del patio y nos quedamos mucho rato conversando en la casita de la higuera. Una vez más nos acompañó Puky, quien hizo un gran esfuerzo por subir al árbol y estar así más cerca de nosotros.

Tratábamos de entender por qué Octavio estaba reaccionando de esa manera con los niños nuevos. Claramente estaba priorizando su amistad por sobre la nuestra.

—Yo creo que los prefiere a ellos porque traen más cosas para el club —le dije, angustiada.

—No digas eso, Florencia. Es verdad que traemos pocas cosas, pero da lo mismo. Lo importante es trabajar y preocuparse por el club como hacemos nosotros.

Acordamos que al día siguiente le daríamos una oportunidad a los niños. Conversaríamos entre todos y pondríamos normas, responsabilidades y compromisos para poder tener una buena convivencia en nuestro club.

Llegamos después de almorzar y, al entrar a la casita, vimos que Pato y Liliana estaban cocinando en una pequeña cocinilla que habían llevado. En una olla negra de hollín, revolvían con una cuchara de palo una extraña mezcla de mal aspecto y olor desagradable. La mesa estaba puesta para dos personas. Nos ofrecieron un plato, pero nos disculpamos diciendo que ya habíamos almorzado en la casa.

Nos sentamos con ellos mientras esperábamos a Octavio para hablar con todos al mismo tiempo.

Buscando a Octavio

Los niños terminaron de comer, lavaron la loza y hasta ordenaron, pero nuestro amigo aún no aparecía.

—¿Han sabido de Octavio? —les preguntó Rodolfo.

Los niños se miraron de una manera extraña, como esperando a que el otro respondiera. Se demoraron un momento hasta que Pato habló.

—¿Octavio? ¿Y no estaba con ustedes?

—No. No lo hemos visto desde ayer —contestó mi hermano y salió de la casita para ir a buscarlo. Yo corrí tras él.

—¡Octavio! ¡Octavio! —gritamos varias veces por arriba del muro, pero él no se asomó.

Decidimos dar la vuelta a la manzana y llegar a su casa por el frente. Caminamos rápidamente por calle Irarrázaval mientras Pato y Liliana trataban de alcanzarnos.

Tocamos el timbre y una señora mayor salió a abrirnos la puerta.

—Buenas tardes, señora —le dijo mi hermano—; yo soy Rodolfo, el vecino de la casa de atrás. Ella es mi hermana Florencia. ¿Le puede decir a Octavio que necesitamos hablar con él, por favor?

—Pero si Octavio no está. Pensé que estaba con ustedes. Probablemente esté en la plaza vendiendo remolinos, hace unos días terminó unos maravillosos que estaba haciendo. ¿Han visto los bellos remolinos que hace mi nietecito?

—Sí, señora, los hemos visto. Son muy lindos —le respondí.

—No son lindos. ¡Son hermosos! —dijo orgullosa—. Yo misma le di la idea y le enseñé a hacerlos.

De pronto se acercó a nosotros, nos dio un abrazo y un ruidoso beso en la mejilla a cada uno.

—Mucho gusto, niños. Yo soy la señora Pancracia, la abuelita de Octavio. Hace mucho tiempo que quería conocerlos. Mi niño me ha hablado maravillas de ustedes.

Claramente la señora estaba acostumbrada a que Octavio desapareciera de la casa sin avisar y no se mostró preocupada por su ausencia. Haciéndole un breve gesto de despedida, Rodolfo le dijo:

—Gracias, señora. Mucho gusto. Seguiremos buscando a Octavio y cualquier noticia le avisaremos.

En la calle decidimos separarnos para llegar a la plaza. Pato y Liliana buscarían por la calle de atrás y nosotros por la de enfrente, rodeando así toda la manzana y asegurándonos de encontrarlo.

Caminamos de vuelta con mi hermano mirando dentro de todos los negocios y preguntando en todas las casas, pero no había señales de Octavio.

En la plaza fuimos a hablar con el manicero, pero él no lo había visto hacía más de una semana. Buscamos en los juegos y en las bancas. Dimos toda la vuelta, hasta que nos topamos con los otros niños. Ellos tampoco lo habían encontrado.

Volvimos a la casa. Pato y Liliana buscaron en el patio y con mi hermano lo hicimos adentro. Comenzamos por el primer piso, en la galería, piezas vacías, baños, comedor, estar y escritorio. Nada. No había señales suyas.

Subimos la escalera que daba al segundo piso y que estaba más oscura que nunca. Comencé a recordar todas las historias tenebrosas que nos contaban. Mi corazón se aceleró y mis manos empezaron a sudar. Con cada peldaño que subíamos un nuevo crujido me hacía estremecer. Yo me afirmaba de mi hermano, mientras él iba con una actitud muy valiente. Verlo sereno a él me ayudaba a tener un poco más de tranquilidad.

—Te apuesto que de repente va a aparecer Octavio y nos va a matar de un infarto —me dijo con tono divertido.

Cuando por fin llegamos arriba y la luz que entraba por las ventanas nos alumbró pude respirar más tranquila. Buscamos en la que había sido la habitación de nuestro abuelo, en el baño, en un estar y en un par de piezas. No había nadie. Una extraña puerta en un rincón llamó nuestra atención. Rodolfo giró la manilla, pero estaba con llave.

—Florencia, aquí debe estar escondido —me dijo susurrando mientras me guiñaba un ojo. Acercó su oído a la puerta.

—Se escucha claramente una respiración entrecortada y un corazón que late a toda velocidad. Ya se aburrirá —me dijo bajito—. Te apuesto a que mañana llegará inventando alguna ridícula historia.

Bajamos la escalera muertos de la risa porque habíamos descubierto su escondite y algún extraño plan que seguramente estaba tramando.

Esa noche nos fuimos tranquilos a la casa, sabiendo que todo era una jugarreta de nuestro amigo.

Al volver al día siguiente, nos encontramos con la señora Pancracia, quien venía llegando a la casona para hablar con papá. Tenía los ojos llenos de lágrimas.

Ahora sí que se había preocupado por Octavio, ya que nunca había estado tanto tiempo fuera de la casa. Mientras ella hablaba con papá y le pedía su ayuda, con Rodolfo nos miramos y nos sentimos muy culpables por no haberle avisado la noche anterior que ya habíamos descubierto su escondite. ¡Jamás pensamos que pasaría la noche allí!

—Papá, señora Pancracia, no se preocupen —les dije con voz tranquila—, Octavio está escondido en el segundo piso. Lo escuchamos ayer detrás de una puerta.

Subimos y les señalamos el lugar donde estaba.

—Niños, esta puerta lleva a la torre. Espero que estén equivocados y que Octavio no esté aquí —nos dijo nuestro papá con cara y voz de preocupación.

Con Rodolfo nos miramos sin entender por qué tanto temor mientras papá sacaba de su bolsillo un manojo de llaves y con una que identificó de inmediato abrió la puerta. Nos pidió que no nos acercáramos mientras él subía a buscarlo.

Detrás de la puerta había una escalera de fierro con forma de caracol. Nunca la habíamos visto. Papá comenzó a subir, y sus pies desaparecieron camino a la torre.

Escuchamos unos ruidos extraños y fuertes como si estuviera moviendo muebles. Al rato, bajó pálido, muy nervioso y con la mirada perdida.

—Señora, buenas noticias: el niño no está allá arriba —dijo con voz temblorosa.

—¿Cómo que buenas noticias? ¡Eso es una pésima noticia! ¿Dónde está mi nietecito, entonces? —preguntó la señora Pancracia entre sollozos.

Justo en ese momento se escuchó un ruido ensordecedor que provenía de la torre. Papá buscó la llave y cerró la puerta en forma violenta.

—¡Bajen rápido! —nos gritó a todos.

Sin entender mucho, y bastante asustados, bajamos corriendo la escalera. Con Rodolfo tratábamos de afirmar a la señora Pancracia, quien tropezó varias veces y estuvo a punto de caer. Al llegar abajo le pregunté a papá qué era lo que había en la torre.

—No hay nada —me respondió—; debe haber sido un mueble que se cayó. Niños —agregó muy serio— les prohíbo volver a subir al segundo piso. Por ningún motivo deben acercarse.

No nos permitió preguntar nada más y cerró el tema en ese instante.

La señora Pancracia se estaba poniendo cada vez más nerviosa. Desde el teléfono que estaba en el salón llamó a carabineros pidiendo ayuda en forma desesperada.

Con Rodolfo salimos al patio bastante preocupados, tanto por Octavio como por lo que pasaba en el segundo piso detrás de la puerta hacia la torre.

Llegamos al club y ahí estaban Patricio y Liliana jugando a las cartas muertos de la risa. Al verlos tan tranquilos, Rodolfo les dijo muy molesto:

—¿Acaso ustedes no saben que Octavio aún no aparece? Deberían empezar a preocuparse un poco y ayudarnos a buscar.

En ese momento llegó Puky corriendo, mordió con fuerzas la bastilla del pantalón de mi hermano y comenzó a arrastrarlo hacia el fondo, al igual que había hecho el día en que Patricio y Liliana habían pasado hacia nuestro patio. Entendimos de inmediato que nuestro perrito trataba de mostrarnos algo, por lo que corrimos con él hacia el fondo de la casa.

Bajo el nogal

Mientras avanzábamos miré hacia la mansión del manicomio colindante y recordé las amenazas que me hacía mi hermano. Se me hizo un nudo en el estómago al imaginar que tal vez Octavio había ido a parar allí. Preferí ignorar mis pensamientos y seguí adelante.

Cruzamos rápidamente por los ciruelos y llegamos al fondo. Grande fue nuestra sorpresa cuando vimos que Octavio estaba amarrado de pie al grueso tronco del nogal, con sus piernas y manos atadas con una cuerda.

Estaba pálido y tiritando de frío. Se notaba en sus ojos que había llorado mucho.

Cuando llegamos a desatarlo no tuvo ninguna reacción. Ni siquiera levantó su cara para mirarnos.

—Pero amigo, ¿qué te pasó? ¿Qué te hicieron? —le preguntó con voz temblorosa mi hermano y desató las cuerdas de sus manos y yo las de los pies. Estaban muy sueltas y no entendíamos por qué nuestro amigo no había salido de ahí.

Lo acomodamos con mucho cuidado en el suelo mientras seguía sin reaccionar. En ese momento me di cuenta del cariño que le había tomado a pesar de sus bromas tan pesadas y de todo lo que peleábamos al principio.

—Octavio, reacciona por favor —dije casi rogándole.

Lo abrazamos y acurrucamos traspasándole un poco de nuestro calor, hasta que de a poco comenzó a reanimarse.

—Patricio y Liliana me dejaron aquí —nos dijo sollozando con voz muy cansada—. Estábamos jugando a los indios, me amarraron al árbol, salieron corriendo y nunca más volvieron a buscarme.

—Pero amigo, ¿cómo no gritaste? ¿Por qué no pediste ayuda? —le preguntó mi hermano.

—Pero si grité mucho, durante muchas horas, hasta que se fueron agotando mis energías y ya no me salía ni la voz —dijo apenas.

Lo ayudamos a pararse. Estaba muy débil y le costaba mantenerse en pie. Pusimos sus brazos sobre nuestros hombros y, sosteniendo así casi todo su peso, comenzamos a caminar despacio de vuelta a la casona.

Mientras avanzábamos miré de reojo a mi hermano y me di cuenta de que estaba furioso. Me imaginé que, al igual que yo, venía con ganas de llegar rápido donde los otros niños para preguntarles por qué le habían hecho eso a nuestro amigo.

Al pasar frente al club vimos que Pato y Liliana ya no estaban. Era evidente que habían salido arrancando ya que dejaron todo desordenado y botado en el piso.

Seguimos caminando con mucha dificultad. Al entrar al salón, la señora Pancracia sollozaba escondida detrás de sus manos. Papá la acompañaba muy nervioso, pero no decía nada. Había pasado demasiado rato y aún no llegaban los carabineros. Al vernos, pegaron un tremendo salto y fueron a recibir a Octavio, justo en el momento en que se agotaban nuestras energías. Entre los dos lo acomodaron sobre un sillón y pusieron un par de cojines bajo su cabeza y sus pies. Papá fue corriendo a buscarle agua con azúcar.

—¡Abuelita! ¡Pato y Liliana me dejaron solo! ¡Fue terrible! ¡Me quedé solito toda la noche! —lloraba con angustia sin poder parar.

—Tranquilo, mijito, no se agite —le decía la señora—; cuénteme con calma dónde estaba y qué le pasó.

Mientras Octavio trataba de explicarle toda la historia, con Rodolfo nos alejamos un poco y me dijo:

—Florencia, tenemos que ir a hablar con esos niños ahora mismo. Lo que le hicieron a Octavio fue terrible. Yo sé que a ti no te cae muy bien, pero no podemos permitir este tipo de cosas en nuestro club.

—Estoy de acuerdo hermanito. Los amigos están para apoyarse.

—¿En serio? —me preguntó sorprendido—. Pensé que te caía mal y que estabas molesta por todas sus bromas.

—Es verdad. Al principio era así, pero ya aprendí a quererlo y a aceptarlo. Me da mucha pena y rabia lo que le hicieron.

Dejamos a Octavio con su abuelita mientras con papá fuimos a hablar con los vecinos.

Bajamos por la calle y en la esquina doblamos hacia la casa de Octavio; varias casas más allá estaba la de los niños. Al llegar, papá tocó el timbre insistentemente. Salió a abrirnos un señor muy alto y elegante, vestido con chaqueta y corbata, unos gruesos lentes de lectura, un libro en una mano y una pipa en la otra. Nos miró por arriba de los lentes que estaban casi colgando de su nariz.

—Buenas tardes, ¿qué desean? —preguntó.

Rodolfo abrió su boca para contestar muy acelerado, pero mi papá se le adelantó.

—Buenas tardes —comenzó a hablar con mucha calma—. Somos sus vecinos de la casa del fondo y necesitamos hablar con sus hijos, ya que acaban de hacerle algo terrible a un amigo de mis niños.

—¿Mis hijos? ¿De qué me está hablando? —preguntó sorprendido y con voz de preocupación, y antes de que papá pudiera responder, gritó muy fuerte hacia el segundo piso—. ¡Patricio Ignacio! ¡Liliana Sofía! ¡Vengan de inmediato!

No pasaron ni diez segundos y los dos bajaron corriendo la escalera. Tuve la sensación de que trataron de devolverse al vernos, pero al escuchar la pregunta de su papá no tuvieron alternativa.

—¿Me pueden explicar qué han estado haciendo en la casa de los vecinos?

—¿Nosotros? —preguntó Patricio.

—¡Sí, ustedes! —le dijo muy molesto mi hermano.

—En serio —le respondió muy calmado—. No tengo idea de qué están hablando.

En ese momento intervino mi papá con una calma admirable.

—Mire, señor, le explicaré. Sus hijos estaban jugando a los indios con el mejor amigo de mis niños. Se amarraban a los árboles, daban vueltas alrededor saltando y cantando, y luego se soltaban.

—¿Y que tiene eso de malo? —preguntó el caballero—; son juegos sanos de niños.

—El punto es que a Octavio lo amarraron al árbol más grueso del patio. Se fueron, lo dejaron solo, y el niño pasó toda la noche a la intemperie, muerto de frío y hambre, con su familia muy preocupada porque nadie sabía dónde estaba.

Patricio y Liliana se miraron sorprendidos y sin entender nada. Su papá los miró muy enojado.

—¿Es cierto eso, niños?

—Si papá, es cierto que estábamos jugando a los indios —respondió Liliana—, pero no nos amarrábamos. Octavio dijo que él era muy valiente y se amarró a sí mismo a un árbol. Te prometo que no nos dimos cuenta de que no se podía soltar.

—Cuando se oscureció nos vinimos a la casa —agregó Patricio— y pensamos que Octavio también se había ido a la suya.

Con Rodolfo nos miramos un poco incrédulos, pero la explicación de los niños parecía muy real y sincera.

—Vamos a ver si Octavio tiene esa misma versión de los hechos —les dije muy seria, con voz de inspector de policía.

—Debe tenerla —comentó el papá de los niños— mis hijos nunca mienten. Mañana mismo irán a pedirle disculpas y se aprovecharán de despedir, ya que el fin de semana nos cambiaremos de casa.

—Lamento mucho que se vayan —le dijo papá—, hay tan pocos niños en el barrio.

Yo tenía una mezcla de sentimientos. Nuestra amistad no había empezado de la mejor forma, pero siempre había tenido ganas de tener más amigos, y antes de la desaparición de Octavio estaba dispuesta a poner todo de mi parte para que las cosas funcionaran. Mi hermano también había estado de acuerdo, y eso era un gran avance.

Después de un rato nos fuimos de vuelta a la casona. Íbamos muy ansiosos por saber si Octavio nos confirmaba los mismos hechos relatados por los niños.

Cuando llegamos, nuestro amigo estaba completamente recuperado, sentado a la mesa y dándose un gran banquete, como si hubiese estado un año sin comer.

—Octavio, necesitamos preguntarte algo —le dijo Rodolfo.

—Lo que quieras amigo, pero después del postre —le respondió con la boca llena—, mira que estoy desesperado de hambre.

—Yo creo que puedes tratar de hacer las dos cosas a la vez —le dije, divertida—. Tu respuesta será solamente un sí o un no.

—Ponme atención —le dijo mi hermano intentando que se concentrara—. Cuando jugaste a los indios con Patricio y Liliana, ¿ellos te amarraron al árbol?

Los ojos de Octavio comenzaron a dar vueltas y a girar de un lado hacia el otro mientras pensaba. No paraba de comer y sus ojos tampoco se cansaban de girar.

—¡No! ¡Me amarré yo solito porque soy muy valiente! —respondió de pronto, como habiendo encontrado la respuesta en algún lugar de su cerebro.

—¿Y por qué no te soltaste? —le pregunté entre curiosa y molesta—. ¿Lo intentaste al menos?

—Mmmm, creo que no lo intenté, porque ellos debían rescatarme y ¡no lo hicieron!

Ahí nos dimos cuenta de que los niños habían dicho la verdad. Esa absurda idea de Octavio de hacerse el valiente lo había hecho pasar un muy mal momento.

Nos quedamos conversando un buen rato, esperando a que terminara por fin de comer. Quedó más tranquilo con la aclaración de los hechos, y un poco triste al enterarse que se estaban mudando de casa y que no los tendríamos más de vecinos.

La Despedida

A la tarde siguiente, al llegar al club, Octavio estaba desmantelando todo y guardando en cajas de cartón las cosas que habían llevado los niños. Lucía muy serio, con la banda presidencial cruzada al pecho y la bandera sobre el techo de la casita. Se notaba que llevaba mucho rato trabajando y ordenando todo.

Patricio y Liliana llegaron en ese instante para despedirse y llevarse sus cosas. Octavio les habló con un tono triste y avergonzado.

—Amigos, lamento mucho que se cambien de casa. Era entretenido jugar con ustedes. Lamento mucho también haberlos acusado por algo que no hicieron.

—Pensábamos que estabas enojado con nosotros —le dijo Patricio—. Teníamos miedo de venir.

—¿Enojado yo? ¡Pero si todo fue culpa mía!

Cambiando de expresión y muerto de la risa agregó:

—¡Ja, ja, ja! No puedo creer lo tonto que fui. ¡Estuve toda la noche jugando a ser valiente amarrado al árbol! ¡Y ni traté de soltarme!

—¡Y nosotros nunca supimos! —comentó Liliana—. Qué bueno que ya estés bien y todo se haya aclarado.

—Dejémonos de cháchara —dijo Octavio—. Ya es momento de iniciar nuestra ceremonia oficial de despedida.

Esta vez se había preparado más que en ocasiones anteriores, y en una grabadora que estaba dentro del club tenía la melodía de nuestro himno. Apretó el botón de *play,* y cuando la música comenzó a sonar se puso una mano en el pecho y empezó a cantar el himno, haciéndonos señas para que lo acompañáramos. Claramente le gustaba la idea de ser presidente y se tomaba su rol muy en serio y profesionalmente.

Antes de empezar a cantar, Rodolfo me dijo al oído:

—Yo creo que Octavio le pone mucho color a todo, pero ya estoy cansado de pelear, así que le seguiré el juego.

Cantamos entre todos y con mucho ánimo, ese himno creado por él que nadie entendía.

Luego vino la lectura de la carta de despedida que Octavio había preparado la noche anterior. Comenzó a leer:

"Liliana y Patricio:

Estos días con ustedes han sido atómicos y entretenidos. Estoy muy feliz de que hayan llegado a formar parte de nuestro club, y aunque me hayan dejado amarrado debajo del nogal, los perdono porque eso hacen los amigos.

Con todas las facultades que me confiere la ley, les doy la más cordial despedida y los declaro ex-integrantes ilustres del Club de los Valientes.
Archívese, regístrese y publíquese.
Octavio Richtofany
Presidente del Club de los Valientes"

Nos hizo aplaudir a todos mientras entraba a la casita. A los pocos segundos salió con una bolsa llena de papas fritas, galletas y bebidas.

—¡Ya, amigos! ¡Ahora empieza la fiesta y la celebración!

Pusimos música, conversamos y nos reímos como locos hasta que oscureció. Cuando llegó el momento de irse, los niños tomaron sus cosas y se fueron a su casa. Era tal la cantidad de cajas que llevaba cada uno que difícilmente veían por donde pisaban.

Cuando se fueron, entramos a nuestro club. Se veía vacío, triste y aburrido. Ya no teníamos donde sentarnos, así que nos pusimos en la entrada de la casita con las piernas colgando hacia el suelo.

—Ya, amigos —dijo de pronto Octavio—. Tenemos que recuperar de alguna forma lo lindo que era nuestro club. Pensemos en qué podemos hacer para arreglarlo y que quede incluso mejor que antes.

—¿Quieres que te diga algo, Octavio? —le dijo mi hermano—. Realmente me da lo mismo las cosas que tengamos o no en el club. Lo único que importa aquí es nuestra amistad y que debemos aprender de nuestros errores para no repetirlos.

—Que inteligente amaneciste hoy —bromeó Octavio y luego se puso serio—. Creo que tienes razón. Debemos aprender de esto.

—Y para no olvidarnos, hay que dejar todo por escrito en un manual —propuse, entusiasmada.

Esa noche, encerrados en mi pieza, con mi hermano comenzamos a escribir el listado de cosas aprendidas en esos días y que serían la base de nuestro “Manual del Club de los Valientes”.

- *No mentir.*
- *No tomar cosas sin permiso.*
- *No inventar juegos peligrosos.*
- *Nunca subir a la torre.*
- *Siempre confiar en los amigos.*
- *Tomar decisiones entre todos.*
- *Estar abiertos a tener nuevos integrantes.*
- *Apoyarnos entre todos.*
- *Bromear sin ofender.*
- *Aprender a reírnos de nosotros mismos.*
- *¡Jugar mucho y pasarlo muy bien!*

Al día siguiente, Octavio nuevamente nos esperaba con muchas cosas ricas para comer: bebidas, maní confitado y manzanas asadas, que eran su debilidad. Estuvo de acuerdo en todos los puntos que pusimos en el manual, por lo que Rodolfo lo clavó de inmediato en una de las murallas de la casita.

—¡Espera, espera! —le gritó—. Creo que debemos agregar algo importante.

Se acercó al letrero y con un lápiz escribió:

- *No habrá presidente. Seremos todos iguales.*

Al terminar, nos miró y dijo:

—No necesitamos presidente en este club. Los tres somos iguales y nadie manda al resto. Compartiremos todo y seremos generosos. Las cosas se conversarán y decidiremos entre todos. ¿Les parece?

Se acercó y nos dimos un abrazo muy apretado. Al soltarnos, comenzamos a disfrutar del rico banquete que nos estaba esperando. Rodolfo tomó muy ansioso una manzana asada, pero cuando iba a darle el primer mordisco Octavio lo detuvo.

—Rodolfo, disculpa, pero las manzanas asadas son para mí.

—¿Pero no dijiste que compartiríamos todo?

—Sí, pero me faltó agregar que todo menos las manzanas asadas que me hizo mi abuelita —le respondió mientras le guiñaba un ojo.

Los tres reímos divertidos, no estando muy seguros de sí Octavio había aprendido o no la lección.

Claudia Pélissier

www.ingramcontent.com/pod-product-compliance
Ingram Content Group UK Ltd.
Pitfield, Milton Keynes, MK11 3LW, UK
UKHW040021200726
13854UKWH00001B/295

9 789566 133063